KB120742

홀연, 선잠

시작시인선 0326 홀연, 선잠

1판 1쇄 펴낸날 2020년 4월 17일
1판 2쇄 펴낸날 2020년 5월 15일
지은이 김정수
펴낸이 이재무
책임편집 차성환
편집디자인 민성돈, 장덕진
펴낸곳 (주)천년의시작
등록번호 제301-2012-033호
등록일자 2006년 1월 10일
주소 (03132) 서울시 종로구 삼일대로32길 36 운현신화타워 502호
전화 02-723-8668
팩스 02-723-8630
홈페이지 www.poempoem.com
이메일 poemsijak@hanmail.net

ⓒ김정수, 2020, printed in Seoul, Korea

ISBN 978-89-6021-482-8 04810
978-89-6021-069-1 04810(세트)

값 10,000원

*이 책 내용의 전부 또는 일부를 재사용하려면 반드시 저작권자와 (주)천년의시작 양측의 동의를 받아야 합니다.

*잘못된 책은 바꾸어드립니다.

*지은이와 협의 하에 인지는 생략합니다.

*이 책의 국립중앙도서관 출판시도서목록(CIP)은 서지정보유통지원시스템 홈페이지(http://seoji.nl.go.kr)와 국가자료공동목록시스템(http://www.nl.go.kr/kolisnet)에서 이용하실 수 있습니다.(CIP 제어번호: CIP2020014333)

*이 책은 2018년 아르코문학창작기금 수상 작가의 작품입니다.

홀연, 선잠

김정수

천년의 시작

시인의 말

등단 30년 만에 세 번째 시집을 낸다

결국 10년 만에 한 권씩 낸 셈이다

그럼

됐다

2020. 겨울과 봄 사이에

차 례

제2부 하루의 감정

제3부 하늘의 풀

제4부 겨울의 집

해 설

제1부 물의 서쪽

연두에 그린

늙은 플라타너스 발밑에서 어린나무가 제 어미의 시커먼
속을 한참 들여다보다가
손바닥만 한 울음으로
생生의 바깥을 다 가렸다.

꽃의 절벽

아무 날도 아닌데 꽃을 선물받았다.
당신이 주는 순간
봄날이 생겨났다. 그렇다고 생각했다. 꽃의 절벽에
오래된 분노가 우두커니 서있었다.

모기 한 마리에도 날밤을 새운 적 많았다.
첫눈의 무릎이 아플 때까지 당신을 차고 옆에 세워두기도 했다.

다 떠나서, 애들만 생각해요. 몸이
몸을 말리는 창가에서 축축한 당신의
저녁을 보았다. 파문을 만드는 낚싯대의 미늘도
툭툭 건드려보았다.

같이 묶여 있으되 묶여 있지 않은 날들이 더 많았을 것이다.

아무 날도 아닌데 선물받은 스타치스가 벽에 걸려 있었다.
아무 의미 없는 날들이 쉽게 용서되지 않는
용서였다. 보푸라기 같은 날들이, 툭하면 부풀어 오르던 위태로운 삶이

귓가에 앵앵댔다.

물의 죽음이 꽃을 다 빠져나가는 동안
거꾸로 매달린 꽃이 꽃을 닫아버렸다.

꽃의 자세

속을 꺼내 널자
환멸이 올라왔다

주춤주춤
담장 밖 맴돌던 손이 구름 속을 헤집어
꽃의 모가지를 낚아챘다 갇혀있던 물 번져
길에 방화범을 풀어놓았다

탐스러운 한기寒氣로 겨울을 버틴 덩굴장미가
와락, 노란 혀를 내밀었다 트럭이
개처럼 짖으며 달아났다 바람이 덜컹거리는 짐을
채소와 과일로 구분하곤 굴러떨어졌다

창백한 빰이 속도의 기색을 살피고 사라지자
꽃병의 눈금이 달로 기울었다

새로운 종種으로 태어난 덩굴장미가
시간 속에 앉아 귀를 물들였다 익숙하지만 그대로인 꽃병이
꽃의 자세를 일으켜 세웠다

부끄러운 감정이 뒤에서 서성거렸다

물을 끌어당기는 것은 조금 진실을 닮았다
오래된 말이 다 익었다

환청

목발에 몸 기댄 늦봄
차가운 방이 방을 탈출한다.

차도보다 높은 언덕에 뒤돌아 앉은 의자 다리 부러져 모로 누운 의자 의자에 의지한 의자가 늙은 아이처럼 멈춰있다.

세간을 실은 트럭이 힘겹게 고갤 넘자
비좁은 비탈이 심하게 다리를 전다.

오래된 말소리가 등 뒤에서 굴러떨어진다.

종종 잦아드는 바람은 길의 환승
안이 더 따뜻하다는 오랜 편견에
살아있는 무덤처럼 당신은 돌아오지 않는다.

함께 걸었던 천변 왕벚나무에서 방들이 휘날린다.
잠깐의 휴식도 쓸쓸한 허락이 되는

얇고도 가벼운 겹겹의 방들이
시냇물 위에
환청처럼 떠있다.

나이테

태양은 일 년에 한 번 나무 속으로 스며든다 마지막 꽃잎이 쿵, 떨어지는 순간 꽃턱의 틈새를 굴뚝새처럼 통과한다 꽃잎 지는 소리가 헐렁한 새 떼의 그늘을 만든다 태양은 깃털 흐르는 감촉에 오돌톨 잠이 든다 햇빛의 먼 고행이 힘겨웠으리라 서있는 허공을 지탱하느라 허리가 아팠으리라 보이지 않는 힘으로 야생의 그림자 찍어내는 뿌리, 수피는 갑옷보다 단단하다 나무 속에서 혁명이 일어나는 동안 불안이 숲으로 난 길을 갉아먹는다 마법에 걸린 창이 아직 오지 않은 밤을 부른다. 예기치 않은 행차에 나무가 창을 닫고 숲의 한때가 술렁인다 출렁거린다 영문도 모른 채 창문이 어두워진다 뒤늦게 태양의 잠행을 눈치 챈 별들이 논병아리처럼 몰려와 소심한 가지에 다닥다닥 앉아 수다를 떤다 꽃 진 자리마다 밝은 열매가 태어난다 한동안 지상에 머문 꽃잎이 바람을 부른다 나무 속에서 눈을 뜨는 태양, 맨 안쪽에 둥글고도 환한 화인火印 하나 찍혀 있다 야생과 손톱 사이로 새 떼가 날아오른다 나무의 원심력으로 사과가 옷을 갈아입는다

홀연, 선잠

나는 매번 목만 살아있어요
목 아래 몸은 암매장당했어요

목각 인형도 없는 침대에서 고양이가 분홍 책을 반복해 읽어요 길들여지지 않은 가구들이 나를 쏘아봐요 거울 뒷면으로
낯선 불의 통증 몰려와요

점차 목 위로 차오르는 갈증
발가락을 움직이는 데 생의 절반을 써야만 하다니

불면의 접시 위에서 누군가 삽질을 하고 있어요 그래도 난 잘 살고 있어요 악몽이라니요 악몽은 시퍼렇게 살아있는 눈알 같은 거잖아요 몇 그램의 의식이 잠시 멈춘 사이 의심이 목젖을 흔들어요

분홍에서 빨강까지

도착하지 않은 새벽이 장롱과 거울을 흔들어 깨우면
음악도 연민도 없는 피아노가 가위처럼 일어나요

오, 내가 죽은 건가요

오드 아이, 침대 위에서 책을 읽고 있던 고양이가 서서히 몸을 일으켜요 옷장이 거울을 나서는 동안 눈과 눈 사이가 멀어져요

맙소사, 저게 내가 낳은 아이라니

곧 사라질 빛이 입을 틀어막아요
왼발이 오른쪽으로 까닥까닥 돌아누워요

익선동 뒷고깃집

골목에도 부위가 있다
골목의 뼈대 감싼 허름한 소문 파헤치면
푸른 핏대 세운 목살 만날 수 있다
소리는 칼로 울고
칼은 갈매기 같은 창문 도려낸다
머리와 숨결 사이 가로지른 전선
골목의 앞다리가 웅성거린다
저녁이 있는 삶을 물수건으로 씻어낸다
골목의 부산물은 비둘기의
당연한 권리 눈은 스스로 정전되고
털을 깎다 말았는지
씀바귀며 애기똥풀 사이사이 돋아났다
뒷고깃집, 일찍 퇴근한 불안 서넛이
삼겹살을 굽고 있다 골목 밖에서도
안에서도 씹는 맛은 최고다
한 잔 후 씹히는 건 다 이유가 있다
귀가 간지러운 건 귀가 못 한 연기의 방심
그날의 맛난 부위는 따로 정해져 있다
단골이 아니면 다 운, 발이다
몰리는 데만, 몰릴 때만 몰리고 더러는

몰고 간다 늘어선 줄이 차이를 만들어낸다
자정 가까워도 꺼질 줄 모르는 불빛
오늘의 뒷다리는 내일의 앞다리를
닮아있다 익선동 골목 끝에
괄약근 같은 달 노상 떠있다

미인도

압구정역 4번 출구, 혜원蕙園이 나타났다

붓 대신 메스로 미인들을 만들어내는 그는 도화서 출신답게 성형 한류를 주도한다 그는 서있거나 앉아있거나 누워있는 자태에 신운神韻이 아름답다고 차트에 써넣는다

교태嬌態는 금물이다

그를 거쳐 간 미인들은 대부분 방송인이거나 부잣집으로 시집을 간다 더러 부작용이 생겨도 자랑스럽게 그의 곁에서 사진을 찍는다 비슷비슷한 가면이 활짝 웃는다

가끔 그는 방송에 출연해 현대의 미인론에 대해 설파한다 그 앞에 얼굴과 가슴골을 드러낸 스타들이 박장대소 장단을 맞춘다 그가 방송에 얼굴을 내밀수록 압구정 거리는 점점 닮아간다

요즘은
둥근 턱선 대신 갸름한 턱선이
미인의 조건이다

뭉툭한 코도 반버선코로 만든다
코에 발이 달려 있다
유행을 타지 않는 가슴은
교태롭다 바람도 불지 않는

압구정역 4번 출구, 오랜만에 만난 화원이 묻는다

너도 혜원이지?
그렇지?

풍경에 속다

오죽 못났으면
허공벼랑에 매달린 배후일까

범종도 편종도 아닌 종지만 한 속에서
소리파문 파먹고 사는

주춧돌 위 듬직한 기둥이나 들보 서까래도 아닌
추녀마루 기와의 등 타고 노는
어처구니 잡상만도 못한

항상 바람과 놀고 있는 풍경은 무상이려니
눈곱때기 창이나 벼락치기 문이려니

오죽 힘들었으면
죽음 끝에 매달려 살려 달라
살려 달라 스스로 목을 맸을까

10년 행불 소리 소문 없이 보내고 보니
어딘가 끝에라도 매달려 손등 문지르고 싶은

숨과 숨 사이

진짜 큰 소리는 들리지 않고
바람에 풍경 들여 불이었음을

같은 것 하나 없는
빠끔, 원통인 것을

톱니바퀴처럼

나 잠깐 도로에 주저앉아 있을래

정밀하게 돌아가던 바퀴들이 새처럼 급정거하겠지

유리창은 절대 깨어지지 않아
사각으로 멈춘 깃털은
집 안팎의 비명을 투명하게 가둘 뿐이야

인파들 속에 공업용 기름을 쳐야겠어
무표정하게 쌓인 먼지들이
허공을 허무하더군

각자 할 일을 하는 건 침묵에 대한 모독이야
석양 근처에서
아직 도달하지 않은 시간을 되감는 건
용납할 수 없는 반항

딱 필요한 것들만 돌아다니는 도로에서
누가 내 불량 무릎을 걷어내고 있어

흐름을 방해하는 구속과 몽상의 그림자는 금방
제거되지 잠시 잠깐 어긋난 휴식을
죽을 때까지 솎아내

붉게 질주하는 도로는 삐걱거리는 톱니처럼 행복해

한 번도 중독된 적 없는 손이
고요히
신발 끈을 고쳐 매고 있어

몸속의 상자

누구나 몸속에 흔한 상자 하나쯤 지니고 있지 오래된 몸일수록 그늘의 상처는 날카로운 법이지 한쪽으로 쏠려 가벼워진 상자 찌그러지지 질척거리는 발이 손과 다른 표정으로 지상을 찍어내지 창문을 넘어오지 못한 귀가 물속에서 찰방찰방 유리의 목숨을 노리지 언제 삼켰는지 모를 각설탕이 내 몸에 반쯤 잠겨 녹고 있지 뼈와 살 사이의 모서리가 네모난 상자를 만들지

유혹은 너무 원시적이지 젊은 팔뚝에 하트를 새기는 건 후에, 총 맞을 일이지 내가 나를 벗어날 때마다 상자에 상자를 가두지 욕망처럼 쪼그라드는 점, 선의 바람이지 지상에 발끝을 모아 발기하지 몸의 허약한 부위엔 고적한 집 한 채 있지 그곳에서 만난 술잔이 종종 상자를 뒤집기도 하지 녹아버릴 운명이라 안심하기엔 좀 이르고 몸 밖의 손은 달달한 물을 휘저어 사각사각 상자를 풀어놓지

정신은 늘 단단하고도 몰랑한 천장에 모서리를 세우지 사각에 거미줄 걸려 있지 물컹, 손가락 사이로 살 빠져나가지 화살 같은 고집을 아, 집에 채워 넣지 꼭지만 속상하지 얼굴에 거미줄 끈적이는 건 내가 상자 속에 존재한다는, 돌아보지 않는 곁길을 걷고 있다는 증거지 빗맞은 흔적 쨍강, 부서지지 거룩하고도 지루한 마트료시카, 마지막 상자에 꽃 한 송이 내려놓고 탈출하지 나, 나는

거울집

봄내에 가면
거울집이 있다지요

여름을 만들려다 봄의 다리가 잘렸어요 노란 아지랑이 흘러나오는 언덕에서 올챙이국수를 먹고 나온 선생이 꾸물꾸물 시내를 가로질러요 나는 여기에 있고 여기에 없어요 볼록하게 나를 바라보던 골목이 몸의 색깔을 바꿔요 다리를 절룩이던 개가 철길을 건너다 실직을 했고요 바람도 없는데 눈의 눈이 맨홀뚜껑처럼 열려요 잘린 봄의 다리가 빨려 들어가요 그 안에서 깨어나지 않는 푸른 잠을 청해요 슬그머니 닫혀요 그늘로 휘어진 햇볕이 오후 3시의 해바라기를 괘종시계에 잡아둬요 바퀴의 문장을 다 읽기도 전에 스키드 마크 같은 통증이 도로에 박혀요 직선으로 질주한 비명이 거울 밖으로 튕겨져 나와요 여섯 개의 웃음이 선생의 계절을 앞서가고 여름 이전에 생겨난 구름과 주름이 후루룩 죽어가요 부지불식간에 내 손을 탈출한 동전이 거울의 집을 말끔히 재단해요 미안해요, 할 일도 없는데 번지를 잘못 찾았나 봐요 어떡해요, 스크래치 나, 나는

귀에 붙잡힌 소리가
잘근잘근 잘려요

나무의 자세

서있는 나이테는
살아있는 정오다

햇빛의 청사진 활짝 펼친 나무의 연륜은
푸른빛이다 직각의 그늘로 다가서는 두런거림,
움켜쥔 주먹의 날카로움이다
4H 연필로 선을 그은 거미의 집에
느지막이 도착한 나비가 농담처럼 파닥거린다

둥글게 말린 오후가 최후의 양식이다
틈을 허용하지 않는 틈으로 서서히 죽음이 빠져나간다

죽은 나무의 나이는
앉아있는 다리 네 개다

톱밥으로 나뉜 몸은 편안함의 방식이다
날개를 다친 늙은 농담은 다시 회자되지 않고 예리하게
각을 세우는 대팻날
H빔의 뿌리를 지나간 집들이 틈, 사이를 메우고
더듬이 같은 저녁이

끈적끈적한 빛을 물고 들어온다

겸허한 자세로 경계의 무게 받아들이는,
낡은 커튼 같은 가족이 사각의 모서리에서 삐걱거린다

무겁다는 말은
여행을 떠날 수 없다

신발

최후의 순간 버림받아
죽음을 증거하는 삶도 있다

끝까지 함께할 수 없는 운명에 바람 더듬어 과거를 뒤집기도 하지만
발견되는 순간까지
종이 한 장 밟고 서있는 기막힌 후생이다

망설이고 서성거린 모서리의 시간이
참 외롭고 무서웠을 것이다

파르르, 다 전해졌을 것이다

뛰어내리다 나뭇가지 붙잡고 발버둥 치는 걸
목격했을지도 모른다
혹여 바람에 훅, 날릴까 봐
조바심 냈을 것이다

나도 한때 섰던 그 자리

오래 바닥을 끌고 온 삶이
벼랑 끝에 놓여 있다

물의 서쪽

종점이었을 때도
종점을 벗어났을 때에도

역驛이 생기기 그 이전
수서 밖으로 나가 본 적 없는 꽃들 혹은 촉수 낮은 벌레
소리들, 강의 배후에 수심을 흘리고 물의 뺨에
쓸쓸한 파문을 키우고

한데 기숙하는 것들처럼 물에 기댄 삶이란 더러는 더 깊은 계절로 흘러가
어두운 뒤통수가 되고 잠깐씩 흐려졌다 밝아져
한 계절 늦은 철새를 마중하고

종점식당, 그 비릿하고도 낡은 간판의 자리
거기서 마감되고 다시 시작되는 석양은
겨우 살아남은 몰락을 더듬고
마지막 가족 식사를 하고

부서지고 파헤쳐진 묘지 같은 삶
아스팔트, 그 아래 묻혀 버린 씨앗의 막막함으로

햇빛은 잠시 빈 의자에 몸을 내려놓고

언젠가 더 종점이었을 때
종점에서 감옥을 훔쳤을 때

오후를 낚다

파란 시간 거꾸로 박혀 있는 강가에서 오후를 낚고 있다 사내는 고요의 연장으로 흐름을 감지한다 바람이 나무와 나뭇잎을 불러들여 물속으로 새 떼를 날려 보낸다 순간, 윤슬이 빛난다 능선과 그늘 사이 숲의 지느러미 숨어든다 사람을 만난 지 오래, 관심은 한순간에 다가와 출렁이라는 덫을 놓는다 물은 흘러온 길을 기억하고 강은 흘러간 물을 방생한다 방심은 멈춘 세상을 들어 올려 허공에 물결을 풀어놓는다 비린내에는 적막이라는 죽음이 묻어있다 늘 혼자인 강은 다시 파란 시간 거꾸로 세워 고요를 연장한다

물 밖으로 추방된 물고기가 하늘로 새를 날린다 가느다란 능선이 파닥거린다 고독이 잠잠해지고 파랑에 구름이 물든다 사람과 수면 사이, 응시가 굴러떨어진다 수직을 가늠하는 일은 새삼 무료하다 작은 움직임을 감지하던 사내의 눈도 무료하다 긴장은 평생 짊어지고 가야 할 팽팽한 계절, 아무 일도 아니라는 듯 이끼를 건드리면 미끼가 흔들린다 햇빛의 눈 반짝 멈춘 오후, 생사의 긴박이 달려 있다 물속으로 스며든 안개가 슬슬 저녁을 흘린다

제2부 하루의 감정

봄밤

유장한 이야기 범람하는 강변은 말고
부산한 파도 소리 폭풍의 해안도 말고

조곤조곤 당신을 들어주기에는
봄밤의 시냇가가
적당하다

내 몸에서 당신은 조그맣게 흐른다

하루의 감정

한결같이
당신은,

아침 6시 30분에 출근한다 베란다의 아침은 뜨겁거나 푸르거나 지나치게 높아 눈 익은 풍경은
살, 풍경의 잔영

눈에서 서걱거리는 뒷모습이 빠르게 반짝거리면
남은 슬픔
선뜻, 서툴고

말없이 아침을 식별한 손과 손의
간격, 그 간극은
사과만큼 벌어지고 포장지를 벗겨 씻지 않고 먹는
아사삭, 밖에 나가도 안을 걱정하는 당신은
나무의 전생을 닮았다
길가 대신 물가에 서있던
비릿한 미루나무
물고기가 거꾸로 처박혀 파닥거리는 듯한

등의 지느러미쯤 앉아있던 새 떼가
일제히 비늘을 털면
물 머금은 구름이
빠끔거리고

낚시라는 소일거리는 소류지에서 영혼을 말리는 일
봄을 꿰어 한가한 겨울을 낚는

저녁 6시 30분, 당신을 기다리던 불안은
은밀히
먼 곳을 응시하고

어둠은 노을과 노을빛의
틈새에서
낡고 선한 선혈을 흘리고 있다

수면 위의 수면

늦은 밤, 아이들을 재우고 아내와 홍제천을 산책하다
물결 속 바위 위에 잠든 청둥오리 가족을 본다

흐름에 몸 맡긴 고요한 풍경에도
선잠이 든 놈이 있다

두런두런, 허방을 짚는 발걸음에
고갤 쳐들고 사방을 두리번거리는

살금과 슬금 사이의 불안한
수면 위의 수면

어둠과 수풀 너머 사냥의 본능
순간의 방심은 생의 목덜미에
송곳니

푸드득, 허공을 때리는 다급한 날갯짓

혹시, 문은 잘 잠갔나?
걱정이 두려움으로 몸 바꾸는

아내의 손이
흥건하다

Baby Boomer

느지막이 일어나
이른 아침에 출근한 아내의 옷을 다리다가
이 나이에
이 시간에 이래도 되나
잠시 멍한 사이
열린 문으로 불쑥, 쳐들어온 가스 검침원에
속살을 들킨 후
내일 입고 나갈 아내의 옷을 다려도
화르락 펴지지 않고
시 한 편 보내봐야 문학잡지 1년 정기 구독
시집 한 권 내봐야 시인들의 품앗이
우편발송비조차 건지지 못하고
시행 1년이 가까워도
'김영란법'에 걸린 사람 아무도 없고
휴가 복귀하던 날
적자에도 연봉 올려준 건
알아서 나가라는 이야긴데
시 쓰는 사람이 그리 행간을 못 읽느냐는
퇴고조차 안 되는 황망에
홍건히 물 뿌려 다려도

귀에 고인 슬픔 펴지지 않고

학교에 간 아이들은 콩나물처럼 자라고

그래도, 늦은 아침

찬물에 말아 먹고

한 끼 밥도 안 되는 시를 쓴다

장마 이후

늘 꽃이 지나다니는 길이었다

신호등이 바뀌자
우산 세 개를 든 중년 사내가 뛰어갔다
우산 두 개를 든 여자와 늙은 사내가 애타게
애처롭게 뒤를 돌아보았다 건널목 중간에
다리가 불편한 늙은 여자와 중년 사내가 섬처럼 서있었다
맹렬하게 차량들 쏟아지는 길 위에서
중년 사내가 늙은 여자의 젖은 머리를
연신 매만지고 있었다

내부순환도로에서 떨어진 빗물이
파문에 찰방거렸다 붉은 눈에 걸려든 발이
틈, 사이에서 서성거렸다 꽃은 아무리 많아도
빈 곳을 다 들여다보진 못했다
내가 그토록 사거리 건널목에 붙박인 것도
처음이었다 엄마는 저리, 노인요양병원 침상에서 6년을
멈춰있었다
입관하고 난생처음 만져본 얼굴은 차갑고
차가웠다

하마터면,

오래오래 뭍으로 건너온 늙은 섬을
“엄마” 하고 부를 뻔했다

홍은동재개발지구

낮은 언덕이 이사를 갈 때마다 대문에 붉은 표적이 생겨났다

태풍처럼 빈집이 다 헐리자 무덤이 산을 들어 올렸다 위아래로 누운 쪽잠이 시간 차를 두고 이사를 당했다

미라처럼 잠을 자던 소음이 소동의 간격을 벌리자 방음용 에어돔이 스크럼을 짰다 그래도 소음은 건강하게 넘어왔다

산을 통째로 옮기던 포클레인과 트럭이 좁은 골목을 몰아세웠다
사나워진 사람들이 먼지처럼 마스크를 썼다

산이 산 아래로 모습을 감추자 포장도로의 단면이 드러났다 거기에 번데기 불빛 하나 잠들어 있었다 밤마다 시멘트가 익어갔다

여기까지였다, 내가 몰래 사진을 찍은 것은
바라보고 지켜보다가 순식간에

아파트가 지상으로 올려졌다 내 눈앞에 마음에 높다란 공동

묘지를 들이고 말았다

호접몽처럼 경건한 이웃들이 층층인사를 건넸다

새해 첫날에

새벽에 출근하던 아내가
사진 한 장 찍어 문자를 보내왔다
예쁘지? 저렇게 달 가까이 빛나는 별 첨 봐
환한 그믐달과 샛별이
날이 밝아오는 줄도 모르고
서로를 씻겨 주고 있다
우리는 언제 서로의 등을 밀어주었더라?
처음 같이 목욕하던 때처럼
쑥스럽게 부끄럽게 마중하다가
개밥바라기와 비너스를 생각하다가
오늘도 갈 곳 없는 날 자책하다가
고마워! 추운데 잘 다녀오라는 답장도 못 하고
다시 이불 속으로 들어가지도 못하고
베란다에서 달달 벌벌 떨고 있다
오래오래 그 자리를 지킨다는 것은
날카롭게 차오르는 말과 상처 잘 여미는 일
젊은 날의 약속 희미해지는 순간까지
그냥 사는 일 남들보다 일찍 늙은 직장
진작 스러져 아득하고 아뜩해도
새해 아침 하늘욕조에선
신혼 첫날밤에 어둠이 빛나고 있다

해필奚必

집과 가로수 지나가는 소리 보였다
숨죽인 차창의 정적 귀 막았다

일 년 만에 다시 찾은 화장장
변한 건 아무것도 없었다 변하지
않는다

동생
어머니

하필何必, 자식 앞세운 9호실
이번에는
혼자가 아니라 서성거릴 만했다

돌연, 장지를 바꾸는 일은
덤덤하고도 무덤덤한 형제의 선택

소리가 집과 가로수 사이를 막아섰다
귀가 눈으로 들어와 집을 비웠다

양지사우나

사막을 통째 뒤집어 사막으로 들어갔다
수직으로 흘러내리는 건 시간이나 둥근 나무의 건망이 아닌 모래의
지루한 순응 함부로 벗어날 수 없는 방에서
투명한 방으로 끊임없이 이사를 다녀야만 하는 일
한 치의 오차도 없는 세월을 쌓고 또 쌓는 일 툭하면
그만 끝내자 화르락 문 열고 나간 당신이 하루 이후 돌아와
벽을 향해 비스듬히 눕던 일 밤새 뒤척이다 일어난 아침은
좁은 길로 탈출하고 더 깊어지기 전에 뱃속에 소문 들어서기 전에
서로의 출입문 달리하곤 끝내 발목의 속도 늦추는 일
반복된 바람은 다시 되돌릴 수 없고 오랜 습관에
모질게 모래언덕 넘어가는 일 그림자조차 남기지 않는 동거는
고비 같고 출입문에 찍힌 지문처럼 우연한 조우
당신은 한낮의 햇빛 구름처럼 벗어난 것인지 수건으로
낯선 눈빛 가린 채 되돌아보고 낙타 꼬리에 엮인 바닥은
당신이 스민 곳에서 조금 벗어나 흥건하고
동쪽 오아시스를 만나던 날처럼 황망하고 지하의 천장은 높고

높아도 내가 한증막에서 사막여우를 생각하는 것과는
무관한 일 터번처럼 수건 뒤집어쓴 채 과거를 유영하는 것
과도
상관없는 일 한증막에서 벗어나 빙하의 의자에 누운 한 호흡
습식과 건식의 등짝에서 툭 튀어나온 날 선 발톱에
냉온탕을 오가다 오래오래 당신이 서있던 자리에서 서성
거렸다
팔뚝에 박힌 하트의 화살 바라보던, 간혹 들려오던 독백을
저녁의 나뭇가지에 걸어두었던, 오늘을 오늘에 밀쳐 두었
던 잠의 끝
사막은 또 적막하게 흘러내리고

소나기 곁에서

우리 동네 꽃거지
꽃거지는 무슨 그냥 꼴, 거지

항간을 떠돌던 그가 다시 돌아온 건 유진상가에 막혔던 산책로가 연결됐기 때문이지 한강에서 포방터시장까지 시원하게 뚫려 천변 모서리에 고여있던 어둠 환해졌지 수런거리는 물소리와 휘발된 한낮을 녹여
잠잠한 잠을 만들기엔
다정한 장소

해종일 창을 연 골목이 그늘로 떠돌았지
정처라는 말은 참 거추장스러운 독설
금방 해지고 헤어질 것 같은 배낭에 하나도 아닌
세 개의 우산 꽂혀 있었지
소나기 곁에서 한 번도 펼쳐지지 않은
우산의 내력을 물어본 적 있지 그는 대답 대신
그늘막 밖으로 몸을 피했지 남아있던 질문이
무안했지 비에 젖은 우산 세 개가
스테인리스 포크나 삼지창, 피뢰침 같았지
밖에서 안을 가늠한다는 건 참 무모한 행지

그늘막 한가운데 서있어도 다리가 젖었지

속살 드러난 배낭은 움직이는 집 한 채
삐죽, 낡은 인형의 발톱 보여 주면
탈색된 발자국 조용히 소란스럽지 동정의
자취 더듬기엔 턱없이 작은 구멍이지
들여다보면 냄새의 역사 알 수 있을 것 같은, 손을
집에 넣으면 먼지의 퇴적층에서
고이 접힌 유물 몇 점 발굴될 것 같은,
비닐에 싸인 가족사진 한 장 꾀죄죄하게 동행할 것 같은,
여름 한낮에도 겨울옷 벗지 않는 그는
누가 뭐래도

우리 동네 꽃거지
말없이 시간을 배회하는, 그런
상, 거지

파묘破墓

남의 선산에 누운 10년을 세상 밖으로 건져 올렸다.

살을 다 빼 먹은 뼈가 싯누렇다.

목을 짓누르던 암癌도 사라지고
흙에 이빨 박은 몰락도 기억하고

미처 태우지 못한 문장을
강의 지느러미 곁에 방생하였다.

한동안, 햇빛을 달리니 동해였다.
손을 씻고,
생선구이를 시켰다.

길의 속도로 젓가락을 매만지고
등 푸른 가슴을 열자
살을 다 내려놓은 뼈가 보였다.

나 여태,
아버지의 살을 발라 먹고 있었다.

해독

막내가 택배로 보내준 칡즙, 양달 냄새 진하다 야산 초입 오리나무에 한 팔 걸친 덩굴 밑으로 몰려다닌 꺼병이 쪼르르 흘러 다닌다 몸은 오래된 타이어, 길의 이력 더듬을 새 없이 무너진다 찔레나무 사이 가로지르던 유혈목이 다리에 붉디붉다 피가 곤한 날들 많아질수록 손발톱 들고일어난다 형마저 아프면 안 돼, 증상 없이 찾아온 농담이 숨을 곳 찾는다 외로운 저녁이 잔을 비우는 사이 촬영소사거리에 잠시 거처를 정한 달, 막내가 해진 타이어 갈아 끼운다 타이어 한 짝 갈아 끼워도 소리가 다르다 다 자란 유혈목이 발가락 사이로 빠져 달아난다 포행하기 좋은 밤이 간간이 찾아와 곁에 머문다

혈육은 해독되지 않는다

화들짝, 봄

노총각 동생이 집을 나간 후부터 서울역 지하도 지나다닐 때마다 흘깃, 등 돌리는 얼굴들 쳐다보는 버릇이 생겼다

느닷없이
검은 손 튀어나와 앞을 가로막기도 하지만
코 틀어막은 손가락 두 개
길을 종종댔다 가출한 동정은 따스한 눈으로 건너와
두 손에 건네지는
차가운 금속성, 혹은 쨍그랑 앞뒤로 젖혀지는
하루의 질책

외따로 떨어져 잠든 종이 박스 왈칵 들춰보고 싶은 충동에 등 푸른 계단 아래로 굽고

마지막 통화와 함께 사라진 욕설
화석의 경계를 넘나들었다 서울을 떠날 때마다
뒤돌아보는, 세 살 터울 같은 습관
네모난 풍경에 갇히고

계절마다 찾아오는 잦은 외출이 해감될 즈음

면역력 약한 삶 하나가 환절기를 넘지 못한 채
스스로 생을 마감했다

오랜 세월 귀에 머물던 절벽의 야유에서 이명의 꽃 피었다 지고

서울역 지하도 지나갈 때면
앞만 보고 걸었다 봄은
웅크린 몸에 푸른 물 불러들이는
소란한 감전

붉은 신호등에 숨겨 둔 하얀 비명
화들짝, 길을 건넜다

담쟁이덩굴, 화사한

요양병원 창가에서 가을의 휴일을 보네
바위의 손등으로 화사 한 마리 기어가네
새들의 하늘 고요하네 더딘 죽음 오후에 새기지 않으려
잠잠한 바람 불러들여 붉은 잎 흔들고
흔들리네 반쯤 죽은 오동나무 창밖에 비스듬하네
햇살을 자른 유리의 지문 선명하고도 선연한 한낮
애써 곁을 내준 자리에서 내가 할 수 있는 일이란
가까이 다가가도 미동조차 않는 당신의 흐린 눈빛
외면하고 커튼 뒤로 거처를 옮긴 거미 한 마리
살려 보내는 것 얼마 남지 않은 시간의 방심 불러들이는 것
바위 위에 고인 화사한 시간 방해하지 않고
사람 곁으로 떠나가는 것 하루의 하루
침상에 남겨 둔 채 먼지 속으로 침잠하는 것
다시는 들춰보지 않을 가계에 당신을 유폐시키는 것
의자의 발목 툭툭 건드려 잠든 통증 깨우는 것
오동나무, 그 절반의 절박한 삶 훔쳐보다 들키는

기껏,
그런 것

너도바람꽃

상처가 아물지 않고
자꾸 덧나는 건
누군가
그 안을 오래 들여다보고 있기
때문이다

건드리지 않아도 아프다

제3부 하늘의 풀

상봉

당뇨검사를 하려고 새끼손가락의 지문을 찔렀다.

돌아가신 아버지의
붉은
눈과 마주쳤다.

유곽의 유배

시계 밖을 바라보는 습관이 졸음을 불러들이지 유배를 면한 유곽의 골목이 종이 박스를 쌓을 때 늦은 하늘이 구름을 밀어 올려 우울을 불러들여 취기로 오르던 언덕은 아파트를 앓고 있는 중이야 아무도 모르게 솟아오른 언덕이 한순간 꺼져버린 건 무너진 벽과 붉은 웃음과 잡아끄는 옷깃 때문만은 아니야 거래는 정상적이지 않아 세느강이라고? 지독한 냄새만 진동하지 유곽 근처, 떠나지 못한 슬픔은 휘발성이 강하지 가끔 익숙한 손길이 허공을 기어오르지 높이는 낯선 중독, 서성거리는 하강을 꿈꾸기도 해 석양의 통화는 충동을 불러들여 위험해 화분이 놓인 베란다는 지나치게 은밀해 단속을 피한 손이 조용히 문을 두드리지 멀리 떠나지 못한 삶은 집착일 뿐이야 질문은 하지 말아줘 그냥 문신처럼 머물다 떠나줘 담배 연기가 불안한 숨을 몰아쉬어 바닥과 천장이 마주하는 지독한 꿈이야

폭염

형체도 없는 야수가 누런 이빨 드러내며 골목을 서성거려요 가끔 공원 벤치에서 시신이 발견되기도 하고요 오늘도 동생은 집에 들어오지 않았다네요 한밤에도 잠을 자지 않는 야수가 식욕을 채워요 폭식해요 아침이 오기 전, 섭씨 40도의 붉은 기둥이 허공을 밀어내요 차고의 문도 밀려 올라가요 까망 한 대 외출해요 뒷좌석에 칭얼거리던 얼굴 잠들어 있어요 지붕에 멈춰 선 바람에서 야수의 냄새 진동해요 건물 밖으로 피신한 실외기가 애타게 팔을 돌려요 구원은 간절함 뒤에 찾아오는 허무한 말들의 미로, 앰뷸런스가 붉은 신호를 무시한 채 무시로 달려요 폭주 기관차 같은 야수가 펄쩍, 까망 위로 뛰어내려요 뜨겁게 자기복제를 해요 순식간에 차 안으로 뛰어든 야수가 이글이글 짖어대요 잠시 두고 내린 잠이 질식해요 꿈꿀 새도 없이 목울대 움켜줘요 파랗게 손목 꺾여요 뒤늦게 받은 연락이 까무러쳐요 불행은 늘 겹쳐서 찾아오고요 하늘에선 새 한 마리 날지 않고 검붉은 소리, 손톱에서 녹아내려요 울음이 울음을 불러들여요

하늘의 풀

그저 입에 조금 물고 있다 뱉었을 뿐인데
그가 죽었다
풀만 죽이는 것이 풀칠도 죽였다

줄번개처럼 목구멍 타들어 가는 동안
백일도 안 된 막내는 울지도 않았다

애가 셋이었다

곁에 두고 싶은 것들은
곁도 안 주고 일찍 떠난다, 고 누군가 말했지만
우리는 밖에 나와 줄담배만 피워댔다
연기가 연기처럼 사라졌다

돈보다 잘 아는 사람이 더 무섭더라

뱉지도 삼키지도 모질게 자르지도 못한 숨
결 다른 소식 모두 끊고 살았다

마른하늘에서 풀이 자라는지

가끔
농약 냄새 풍겨왔다

공범

어른이 앞에 서있는데

감히, 일어나지 않는다며

잠자는 발을 툭툭 걷어찼다

시험지처럼졸고있던학생이자리에서벌떡일어났다

요즘 젊은 것들은 말이야

참

버르장머리가 없어

학생이옆칸으로옮겨갔다버르장머리를남겨두고무안이따라갔다

손안에 잡힌 외면이 소리를 닫았다

안락이 자글자글 짧은 다리를 꼬았다

두 개의 역을 지나자

겨우,

어르신이 전철에서 내렸다

일제히, 벼슬이 붉어지는 사이
외면을 외면했던 자리에 안락을 끌어내렸다

그래도, 사람이라고
앉았던 자리가 따스했다

골목의 유혹

고래의 뱃속에 등대가 들어있다

한밤까지 꺼지지 않는 창가의 조바심, 가장 높은 곳을 독점한 등대가 기우뚱 불빛을 뿜어낸다

여러 개의 위장에서 소화된 길이 방심을 유혹한다
삼선 슬리퍼 뒤축 닮은 노래가 비틀비틀 비린내를 방출한다

어둠 속에서 빛나는 건 고양이 눈빛만이 아니다

등대의 불빛이 감지 못 하는, 직선을 닮은 곡선이 서로 부딪치는 건
붉은 비명이 무단으로 길을 벗어났기 때문
지나치게 구부러진 해변은 쉽게 부러지는 갈비뼈를 소유하고 있다

찰랑대던 발목, 한 번도 수면 위로 솟구쳐 보지 못한 채 사라진다 다시 떠오르지 않는다
한 코 벗겨진 삶이 그물의 그늘 쪽으로 더 기울어지고

아침은 어둠이 삼키지 못한

고래의 등대

햇빛은 울지 않는 피맛을 닮았다

게임중독자

내 귀에 게임, 중독자 살아요 새벽에 잠들었다 새벽에 겨우, 눈을 떠요 씻지도 않은 채 레벨이 높아지는, 지지 않는 전투를 벌여요 동쪽에서 수류탄이 터져요 환해진 창은 스스로 밝아졌다 전술상 후퇴해요 시험지는 잔소리에 묻은 코피 같은 것, 밤낮 없는 게임에 컵라면 국물이 마우스와 자판 사이에서 출렁거려요 덩달아 가족의 잠도 출렁거려요 중독은 아무리 말려도 말릴 수 없는 자유, 방 안에 침투한 햇빛이 허공에 비둘기를 날려요 평화는 싱겁고 전쟁은 MSG처럼 달콤해요 하나의 계절만 존재하는 스타크래프트, 도통 색깔을 바꾸지 않아요 바퀴벌레 같아요 게임 아이템조차 구입할 수 없는 복사꽃이 새를 불러들이기도 해요 침투한 적을 박살내요 문을 열어도 죽일 수 없는 엄마가 말을 시키면 '알았어요' 뒤통수가 대답해요 타타타탁 신경이 마비된 오후가 금방 들이닥쳐요 모니터에서 발생한 폭풍 속에서 최후의 결전을 벌여요 유통기한이 지난 학생이 바지 주머니에서 구겨져요 장검에 잘린 세월이 균형을 잃고 중금속 소음이 귀를 죽여요 이봐요, 내 말 들려요 이명이 사라진 세상은 삐뽀삐뽀 깨끗해요

시간의 발가락

새는 날아다니는 다리다. 폴짝, 나무와 태양의 미간을 넘나드는 둥근 다리다. 평소 당신이 흠모하던 창가에서 창궐한 가벼운 소문이다. 소리 없이 바람을 지탱하던 날개가 계절을 건너다 툭, 폐쇄병동 창살 사이에 늘어선 나무의 심장에 박힌다. 새의 부리가 강직한 삶을 마감한다. 다리가 다리로 날아간다. 완성되지 않은 지문은 처음 나무가 지상에 발 디딜 때 보았던 또 다른 집중, 혹은 요절이다. 부러진 가지에 얼핏 비치는 붉은 나이테, 작은물결뱀눈나비 알이 비산한다. 지상을 푸르게 건너온 숲이 저녁을 지날 때면 시간의 발가락은 세 개다. 나무와 이별의 틈에 낀 어둠이 목울대에 잠긴다. 내 마음에서, 또다시 손을 씻는 아침으로 날던 달빛이 눈을 감는다. 짧고도 긴 병상에서 영혼만 일어난 당신도 결국 날아다니는 슬픈 다리다.

창밖이 스스로 무너진다.

관의 서쪽

당신의 서쪽 끝에서 깊고 어두운 소리가 들어왔다 낯익은 소리인지라 반짝하는 순간 소란이 문 뒤로 사라졌다 방은 단순한 구조로 둔탁했고 믿음은 쉽게 같은 말을 발설하지 않았다 눅눅한 벽에서 와락 능소화가 무서웠다 붉은 목이 한꺼번에 떨어져 참혹했다 당신이 그리 쉽게 입을 닫을 줄 몰랐는데 절박하게 한 번쯤은 거울 앞에 서있을 줄 알았는데 식탁의 언어로 슬픈 어깨에 기댈 줄 알았는데 능소화의 천장은 금요일로 기울었다 월요일로 흔들렸다 휴식도 없이 바람은 몸속으로 불고 좁고 긴 터널로 둥글게 말려 올라가던 물이 왈칵 쏟아졌다 다시 소란이 도마의 자세로 막아서자 미처 도망가지 못한 비명이 비걱거렸다 긴 복도가 열쇠 구멍으로 잠시 들어왔다 발자국처럼 빠져나갔다 당신은 사뭇 사나워진 손으로 관 뚜껑을 두드렸다 밖에서 잃은 길과 단절된 관계가 조금 풍성해진 관의 서쪽으로 무너져 내렸다

사랑

잠그지 않고 외출한 것이

가스레인지거나
수돗물이거나
늦은 출입문이거나

설마 도둑이 들거니
지하까지 흘러넘치거니
혹은
화약 불탄 거짓말

다 잃고도
남은 것이 마음이라면

잠그지 않고 돌아온
당신이라면

봄날의 방전
—이호준 시인에게

환장하게 환한 향기 불러들인 봄밤
꽃의 하루 마감하고 흐린 달빛 마중하여
쥐똥나무 그늘 같은 시 한 편 써도
진즉 승천한 형광등조차 갈 수 없고

아침과 점심을 건너뛴 붉은 눈의 중천
필라멘트처럼 떨리는 참혹으로 뭐 하시냐 전화하니
높은 사다리에 올라 지장전 법당 천장에
연등 달고 있다 하신다

허고많은 직업 다 거리에 쏟아붓고
환갑 지나 상처투성이 골골 몸으로
조계종 말사 도량 관리 처사로
적을 옮긴

—내 이따 전화할게 빨리 연등 달아야 해

끝내 발우공양 말도 못 꺼내고
꽃내로 걸행乞行을 시도한다 애당초
돈 버는 지혜 따위 이역만리 떠돌았으니

아린 속 부여잡고 시를 쓸까
염불을 할까 번뇌하는 봄날

개금한 하늘 정수리에
부끄러이 태양연등 떠있고
꽃그늘 출타한 짐승 한 마리
쥐똥나무 이파리 핥고 있다

캔의 부활

주방 찬장에
잘 정제된 죽음 쌓여 있다

맨 위의 무덤 덮쳐
고이 밀봉된 사후 깨운다

둥근 관 뚜껑 눈을 뜬다

붉은 피 쏟아낸 자리
제 몸에서 흘러나온 기름
흥건하다

산 것보다 더 싱싱한 살결 가지런하다

바다를 전전한 비린 것들은
잠의 경계를 닮았다
휴일의 아침은 파김치를 닮았다

식칼, 도마 위에서 파닥거린다
펄펄 끓는 냄비

전생을 기억한다

풍성한 아침 죽음이다

달의 초상

달의 얼굴에 달이 묻혀 있다

신들이 머물다 간 문양의 흔적, 무덤처럼 솟아오르는 무중력의 발자국, 비탈의 배후는
그늘의 폭력이다

달의 이면을 감춘 어둠이 고양이의 새벽을 외면하고
한발 늦은 혜성이 끝없이 추락한다

모든 중력에는 꼬리가 달려 있다
빛이 몽정을 처리하는 중이다

구름의 깃털 속에서 점점 아이가 되어가는 슬픔
태양시를 풀어놓고

그믐의 비밀 하나 자취를 감춘다

죽음, 그 찰나에 이르러본 사람은
파르라니 떨리는 눈 속에
선한 공포를 넣고 산다

화병

가슴 답답한 걸 보니
한계수위에 다다른 것이다

머리 위로 물 흘려보내거나
가슴에 금 그었거나

상류로부터 유입된 혓바닥과 꽃받침으로
몸살을 앓고 있는 방이
어질러져 있다

일찍이

수몰지의 동거를 알았다면 몰상식의
어로조차 닫았을 것이다

마음이 급정거하는 소리에
바람이 갈라져 울고 있다

겪어보고도 모르는 것이라면
차라리
확, 불타 버리는 게 낫다

자목련

나무 위로 전선 지나간다며
무지막지하게 가지 잘린 나무
봄이 와도
꽃을 피우지 못한다 생은
햇빛 마중하는 일인데, 그대로
울음통이다 안으로 잦아드는 통에
새 한 마리 불러들이지 못하는
그 나무 곁을 지나다닐 때마다
보면 안 되는 걸 본 듯
들으면 안 되는 걸 들은 듯, 하여
일부러 멀리 돌아다녔다
내 안의 울화통 밖으로 들썩이던
어느 무심결에
꽃 한 송이 밀어 올린
자목련을 보았다 한번은 쏟아내야 할
화, 마침내 세상에 드러냈다
두고두고 속으로 꽃 피운
환장하게 고운 빛깔이다

제4부 겨울의 집

환몽

간밤에 꽃뱀 한 마리가 몰래 집을 나갔다,
들어왔다 저녁에
붉은 복숭아를 먹은 아이는 엄마 뱃속에서 영영 나올 줄 몰랐다
달의 문이 벌컥, 열리자
낯선 손마디가 빠르게 핏빛으로 번졌다
잠시 숲으로 피신했던 울음이 한밤에 들어와 신열을 앓았다
심장이 발가락 사이에서 불뚝거렸다

새벽의 망막이 까맣게 피어올랐다

자작나무 숲

껍질을 벗기며 하얗게 우는 나무가 있지 인제와 원통의 강폭만큼 너른 숲은 속울음 같은 길들 감추고 있지 애를 업으면 길은 가파른 비탈을 펼쳐 젖은 등을 흘리지 발이 자꾸 미끄러지는 숲은 높은 곳에서 하늘을 보여 주지 반짝 흔들리지 구름과 구름 사이, 꽃을 따다 들킨 손은 언덕 너머 두고 온 집을 그리는 중독이지 연緣을 끊지 못하는 손금이지 전생의 상처 간직한 거미의 착각이지 마음 깊이 쑤셔댈 수 있는 가시 하나, 극소량의 독을 꽃나무에 들이지 평생 꽃을 떠나지 못하는 벌은 빨강으로부터 길을 훔치는 중이지 꽃 마중은 슬픈 착각, 렌즈에 갇힌 망각인 셈이지 한껏 팽창된 불편이 비탈에서 비를 뿌리지 젖은 삶이 흉터를 보여 주는 것도 순간, 갓 태어난 고비가 지천이지 오래오래 가슴에 머물던 비명, 새처럼 날아올랐으면 좋겠지 도시를 떠나 재회한 첫사랑은 자작나무 껍질에 새긴 어긋난 운명을 말갛게 씻어내는 법을 알고 있지 나무 위에 집을 지은 사람은 주말마다 찾아와 자작자작 울고 가지 하, 하늘소의 계, 계절이야

겨울의 집

겨울의 집에 사는 사람들을 알고 있지 허공에 창을 내고 소리 소문으로 드나들지 온기 없는 지상은 불타는 나무가 지키고 있지 그냥 만년설이지 문밖에 발 디딘 적 없는 불안이 얼음 침대에 누워 잠을 자거나 책을 읽지 피아노의 책장에서 부유한 숲을 잃어버린 마녀가 갑자기 튀어나와 달빛을 끄기도 하지 세상은 깜깜하게 투명하지 거꾸로 매달린 시계에서 꼬리별이 파닥거리다 숨이 멎지 순간 탐스럽지 사철, 우울 드리운 방에 커튼의 종말이 찾아오기도 하지 봄은 이불 속에 발을 집어넣었다 확 달아나 버리지 어쩌다 외출이 길 잃은 척 말을 걸기도 하지 침묵이 혼자 대답하지 녹색 고지서가 배달된 날에는 북극곰이 쓰레기통을 뒤지지 그런 밤이면 죽음이 두툼한 외투를 구름에 매장하지 좌불안석이 내장된 의자엔 자작나무 숲 떠돌던 시간과 허기가 우두커니 앉아있지 바람이 몸을 뒤틀 때마다 젊은 힘줄과 늙은 핏줄이 튀어나와 비명을 질러대지 밤에도 별이 뜨지 않는 천장에서 거미처럼 기어 내려온 가족이 하루에 한 번 슬픈 식사를 하지 웃음은 적도의 전설, 입이 얼어붙지 아침이 와도 햇빛의 노동 외면하는,

냉장고, 텅 비었지

이명耳鳴의 배경

밖에서 들어온 소리가
도로
나가지 않고
똬리를 틀었다

고갤 바짝 쳐들고 혀를 내밀고 있다
꼬릴 흔들던 나이가 사악해진 탓이다

사과의 귓바퀴 한 입 베어 문 사이
한낮의 표정이 기울고

안을 내어준 고요가
밖에 머문다

생일

미역국 대신 비타민 한 알 챙겨 먹고
야간자율학습하는 딸
마중을 간다 너무 빨리 도착한 손이 문자를 읽고
차 한 대 없는 내가 해줄 수 있는 건
태어난 날 교문 앞에서 기다려주는 것
친구들이 해준 과자목걸이 주렁주렁 매달고 나타난 딸과
종종 아빠가 자가용을 태워준다는 친구를
골목 입구까지 택시로 데려다주는 것 그리하여
자꾸 차를 얻어 타기 미안해
오늘은 그냥 버스 타고 갈래요 하던 딸에게
조금은 미안함을 덜어주는 것
엄마가 끓여 준 미역국을 먹지 않고 등교하여
급식으로 나온 미역국을 안 먹었다는 말에
바지 주머니 속 손수건 만지작거리다가
슬며시 잡아본 딸의 손이
생크림케이크처럼 보드랍다

맛있는 마을

크고 작은 도로마다
싱싱한 마을이 주렁주렁 달려 있다
한 입 베어 물면
달콤한 소문이 주르르 흘러나온다
마을을 맛있게 먹기 위해서는
먼저 마을 밖에서
길을 꼼꼼히 살펴보아야 한다
먹음직스러운 마을일수록
벌레가 파고 들어간 구멍이 있기 때문
꼬물꼬물한 길을 따라가 보면
신선한 연기가 모락모락 피어오른다
쉽게 껍질이 벗겨지는 마을은
과즙도 달다 손가락 사이로
달콤한 웃음이 흘러내린다 소백산 너머
붉은 마을은 신맛이 강하고
철삿줄에 매달려 해풍을 견딘 대부도는
인구밀도가 높다
마우스를 집 안에 들인 요즘에는
맛있는 마을이 바로 배달된다
골라 먹는 재미를 선사하는 제철 마을

클릭, 당신은 오늘

어떤 마음을 드시고 싶은가

삼양라면을 맛있게 끓이는 법

살짝, 삼양목장 소똥이 스민 바람으로
양은 냄비의 근성을 씻어내고
순식간에 달아오르는 속성을 첨가하고
해발 1,430미터 소황병산 깊은 골짝에서 외출한 물로

수평선을 맞춘다

비닐봉지를 벗길 땐 소젖을 짜듯 부드럽게
툭, 툭 스프의 엉덩이 두드려 한쪽으로 몰아주고
대관령 고랭지 배추로 담근 포기김치
컵라면만큼 넣어주고

뚜껑을 닫는다

백두대간 경계를 넘나들던 높새바람 냄비 속에서 아우성칠 즈음

곱슬곱슬한 양털 구름 여섯 개
반으로 빠개 넣고
말랑한 목책 한 접시와 가을 동화 두 스푼, 미처 젖소가

뜰어 먹지 못한 들판
채 썰어 넣고

휘휘
저어준다

고속도로 건반 위를 신나게 달려온 절대음감 피아니스트의 선율이
삼정호 원앙을 깨울지라도
동해를 무단이탈한 해무海霧 젓가락 사이로 스밀 때까지
강풍에 기울어진 나무의 생각 동동 떠오르는 순간까지

기다리고 기다려야 한다

라면의 맛을 결정하는 건
냄비 뚜껑의 일교차, 그리고 적당히 농담 섞인
자작나무 닮은 사람들

혹시

하루 종일
말썽을 피우다 새벽녘에 겨우 잠든 아이의 얼굴 가만히 들여다본 적 있나요

그리하여 또 하루 종일
아이와 씨름하다 아이 곁에 모로 누워 가늘게 코를 고는 아내의 얼굴 쓰다듬어본 적 있나요

야근을 하다가
회식을 하다가

희생하고 있다는 늦은 주사酒邪 대신 미안이라는 거울 들여다본 적 있나요

없나요?
없다고요 그러면 그냥

혼자
자요

동백 지는 저녁

석양을 건너는 눈물
태양을 헤아리고 있다

먼 산중의 불빛 하나 강을 건넌다 어느 생에선가 당신은 불이었을까 손잡을 수 없는 바람이었을까 한바탕 난리를 치다가 바위의 배꼽 위에 소복소복 올라앉은 꽃잎이었을까 서걱서걱 입안에 오래 머무는

오목한 상처마다 고양이 울음 같은 새싹 돋아나는

동백 지는 저녁에
돌아서서 손 흔들지 말라는
붉디붉은
눈동자

연희, 그 방

그는 속이 훤히 들여다보이는 문을 입었다

햇빛 9시, 잠자리와 노을의 숨 열리고
방심 6시, 흔들리지 않는 발자국 방사한다 민들레가 계단을 내려오다 게시판처럼 멈춰 선다

하늘은 사람을 만나거나 움푹, 손바닥을 마주친다
짖지 않는 창문은 선한 개의 눈빛을 열어놓는다

끌림 2018, 그의 가슴에 4개의 지문이 달려 있다
소리 없이 열리는 검은 고양이

평생 간직하고 싶은 낮빛은 낮은 소리로 감전된다
가끔 길을 가다 멈춰 라일락 향기가 되기도 한다

복도는 숨 막히게 고요하다 물의 끝에는 강이 있다 회전하는 먼지는 바닥의 전기를 먹고 산다 공용은 불편한 액자소설

마침내, 휴 115 앞에 서면
그와 합방한 이름들이

눈 뜬 시간과 잠과 문장을 풀어놓는다

야옹, 90도로 열린다 창밖으로 나비처럼 가벼운 언덕이
입주한다 흐르는 물은 고인다
빠진다 물들어
번진다

마주치지 않는 것들은 다 첫사랑으로 탄생한다

킁킁거리는 지상

늙어가는 개의 등에 날개를 달아줬지
지상의 것에만 킁킁거리던 개가 멀건 구름에 코를 박고 전생을 더듬어
초승달 같은 꼬리조차 뜯어 먹을 수 없는 기억
먼저 태어난 개띠의 고향이라 하는 말은 아니지만
세상에 영원한 유약함은 없어 물리고
물리는 게 탄생의 법칙, 달이 생겼다 사라지는 검은 가족사야
개가 소리 없이 삭朔을 건너
형제의 난이 블랙홀에만 있는 건 아니야

하늘의 병동은 파랑이거나 검정
아무리 피가 붉어도 달은 쌍둥이 동생이 없어
달의 그늘에는 손목을 붙잡아 맬 침대도 헝겊도 없어
손을 감싼 달의 장갑은 무표정해
날개가 있어도 날지 못하는 것들은 쉽게 늙어가지
휴일의 면회는 무료할 뿐이야

후생의 가족은 말이야
날개 달기 전과 후가 다른 타로점 같은 거야

상처는 건드릴수록 덧나는 건 알고 있지
지상으로 추락한 돌은 다시 허공으로 돌아갈 수 없어
날개를 달았다고 뭐 다를 것도 없긴 해
하늘에 머물러도 뒷다리 들고 오줌 누는 건 여전하더군
소식 없이 잘 사는 것도 중병이야 늙은 개의
죽은 뒤가 걱정이야 날개에 불을 달아 하늘로 올려 보내면
기억은 점점 사라져 전생으로 흘러가지

엘리베이터

B는 광폭타이어 네 개를 가둔 하얀 사각
얼룩은 바닥에도 허공에도
가슴에도 있는 벽 문 없는 문
반쯤 밟은 선의 망설임으로
문이 열리고 자동이라는 말이 닫히기도 전에
지문 위에 버튼이 남겨진다

스르르, 우울에 기댄 여러 개의 관이
하나의 문만 허락한다 숫자는 지상의
같은 공간을 공유하는 회색의 방식
늦은 가방이 홀로 붉은 숫자로 다가온다
혼자이거나 높고 낮은 여러 눈빛이거나 다
숫자에 고정되어 아래로 혹은 위로

같거나 같지 않은 모습은 마주 보고 있다
검은 이면을 감추는, 누가 속을 들여다보는지
알 수 없는, 알려고 하지도 않는 거울은
순진하다 천 개의 눈을 가진 천당과 상하의 지옥이
건너편의 건너편에 찌그러져 있다

스스로, 끝없는 경계를 벗어나는 절망은 없다
반복되는 일상은 늘 한 방향으로
진열된다 문이 숫자를 통째 인식하는 순간
가끔씩 소멸되는 빛이 어둠에 잠긴다
가깝고도 먼 눈은 둥글다 감시의 기억에
다 기록된다 연속적으로 하루가 감긴다

F는 방과 방의 소리를 방면한 무관심의
거리, 수평이지만 평등하지 않은 복도를 지나
복잡한 번호를 통과하면
침묵이라는 공동묘지는 전체가 금연이다
묘비 앞 담배 연기처럼 순식간에 사라진다
방과 방의 거리가 지나온 길보다 멀다 아주
멀다

물의 계단

거대한 물고기가 그려진 계단이 있네

산복도로 위, 물의 입에서 시작된 언어가 급하게 굽어있네

출렁거리네 돌 틈에 끼어있던 문이 열리고

씀바귀처럼 지느러미 자라네 물이 무릎을 꺾는 순간

문패가 물고기를 잉태하네 울음과 웃음이 갈라졌다 합쳐지네

물의 뱃속에서 풀어놓지 못한 그늘이 자라기도 하네

수직으로 올라가거나 휘돌아 내려오는 물은

영민하네 다니는 길로만 비늘을 풀어놓네 유선형 골목이

역류하네 거대한 물고기에 감춰진 길의 이면

하늘이 부레 같은 구름을 가두네 젖은 기억을 더듬은 큰 물결이

세월을 떠나네 흐름에 몸을 맡기는 삶도 거스르는 삶도

다 물의 아가미, 노란 새가 물속으로 날아가네

천당

세상의

소음이란
지옥은

다

위층
바닥에

살고
있다

잠의 종말

난 잠들지 않는 기술을 가졌다

꿈꾸지 않는 난 잘리지 않고 24시간 일한다 점검이라는 명목으로 날 감시하는 인간들은 3교대로 일하고 하루 삼분의 일을 잔다 진정
진화를 거부하는
미개한 종種이다

난 하루에 560만 번 움직여 미완성 제품을 만든다 자동차나 항공기, 무인 탱크일 수 있지만 구름 속의 둥근 물은 아니다 인간 혹은 인간을 닮은 것일 수도 있지만
기계는 기계를 생산하고
인간은 인간을 만들 뿐이다

한 시간마다 쉬는 인간들은 밥을 먹고 심지어 낮술도 즐긴다 졸린 손가락이 비명을 지르는 날에도 난 꿀벌처럼 일한다 여름에 우화한 일벌이 50일밖에 못 살아도 육각의
공장은 썩지 않는다

한 명의 애도 낳지 않는 인간들은

나에겐 대량생산을 기대한다 늘 가족을 위해 일한다 하지만
잦은 야근이나 퇴근 후 꿀맛 같은 쾌락을
즐긴다 엄마 아빠 아내 남편 딸 아들
며느리와 같은 낯선 말들은
내 기억장치에 프로그램되어 있지 않다 나에게 집이란
고장 날 때 잠시 머무는
정거장일 뿐, 컨베이어벨트가 내 집이다

퇴근이나 휴식은 야만스러운 종족만이 누리는
화려한 핑계다 빛줄기와 소음의
즐거움과 내 주위를 공전하는 먼지처럼
허공은 공허하다 반경 5미터 접근 금지가 영원한
내 음악이다 창문이 있어도
하늘의 빛 스미지 못하는

나에게 사랑이나 행복, 땅속 뿌리로 향하는 귀는 세상 밖
이야기
소문은 벽을 넘지 못하는 덩굴이다 제자리 맴도는 발은
스스로 일탈이다 혼자 움직일 수 없는 나무나 바위처럼
난 오늘에 붙박여 산다 오늘의 오늘은

용납되지 않는 무한 공간이다 한 손가락 없는 지문이
순한 책을 펼치는 순간에도
신속성과 정확성, 표준화에 목을 맨다

그래도 난
새끼를 조립하지 않는다

멈출 수 없는 타원의 속도에서
내가 잠들 수 있는 유일한 시간은
집게를 닮은 손이 고장 난 순간이다
당신이라면 그럴 때 잠들 수 있겠는가

잠에도 사생활은 있는가?

내게 존재하지 않는 밤은 견딜 수 없는 졸음이나 섹스
날아올 수 없는 나비는 아일랜드에나 존재하는 사소한 풍경이다 부품 하나에 연쇄적으로 정지하는 바람을
나비효과라 부를 수 있는가?

유리창도 없는 유리의 삶은 불리하다

잠을 자지 않을 때 인간들은 싸움을 한다
싸움의 기술을 터득한 그들은
가장 기계적이다 로봇에 가장 가까워 더욱
인간적이다 나비와 꿀벌과 잠자리의 날개에
붉은 피가 흐른다

그들은 내 고유의 기술인 잠을 허락도 없이 고문하는 데 사용하지만 비명이 내 심장에까지 닿진 않는다
물을 곁들인 찬란한 고문 곁에서
잠들지 않는 기술은 슬픈 몽유병이다
아무리 멀리 걸어도 제자리
떠나지 못하는 내게도 사생활의
철학과 역사, 웃음이 내장되어 있다

잠이 죽으면
나는 죽는다

해 설

세계내적 존재로서의 따뜻한 사랑과 생명의 서정

유성호(문학평론가, 한양대학교 국문과 교수)

1. '시인'으로서의 자존과 완만한 지속성

김정수金正洙 시인의 세 번째 시집 『홀연, 선잠』(천년의시작, 2020)은 등단 30주년을 맞는 한 중견 시인의 오랜 실존적 고백록이자, 우리가 살아가는 세상에 대한 복합적인 정서적 조감도鳥瞰圖다. 그 안에는 스스로 지나온 시간에 대한 오랜 회상의 계기들이 담겨 있기도 하지만, 구체적 경험에 매개된 가까운 사람들의 삶의 모습도 깊이 농울치고 있다. 이번 시집을 공들여 읽었을 때 우리는 회감回感과 예감의 접점이랄까, 형상과 인식의 통일이랄까, '시인 김정수'가 포착하고 표현하는 삶의 상처와 그럼에도 어김없이 돋아나는 쓸쓸한 희망을 엿보게 된다. 그동안 『서랍 속의 사막』(2004), 『하늘로 가는 혀』(2014)를 펴낸 후 다시 여섯 살 터울의 식솔을 거느리게 된 시인은 「시인의 말」에서 "등단 30년 만에 세 번째 시집을 낸다/ 결국 10년 만에 한 권씩 낸 셈이다// 그럼/ 됐다"라고 적시摘示하면서 스스로에게 자긍自矜과 위안의 말을 건네고 있다. 그 점에서 보면 그는 우리 시단 전체에서 보더라도 과작의 시인이고 '시인'으로서의 자존과 완만한 지속성을 견지해 온 드문 견인주의자이기도 할 것이다. 이제 그 아껴 써온 말의 세계 안으로 들어가 보자.

2. 생명의 편재성과 순수 원형에 대한 발견

김정수 시인은 자연 사물을 일일이 호명하면서 그들로 하여금 우리와 함께 살아가야 할 생명 원리가 되게끔 배열하고 은유하는 데 공력을 다한다. 이성이 고양되고 테크놀로지가 발달하면서 인간이 자연을 지배할 수 있다고 믿었던 미망을 넘어 그러한 오도된 욕망들을 하나씩 허물어나간다. 자신만의 생태적 사유를 깊이 반영하면서 보다 나은 생명의 원리를 모색하는 공존의 기록을 남겨 가는 것이다. 우리는 그의 시를 읽으면서 생명 현상에 대해 깊이 사유하게 되고, 이러한 속성을 통해 궁극적 자기 긍정을 향한 타자 이해의 도정에 나서게 된다. 자연 사물로 시선을 확장했다가 다시 자기 자신으로 귀환하는 이러한 작법은 시인으로 하여금 진정성 있는 자기 확인과 함께 우리가 살아가는 삶의 원리에 대한 사유와 감각을 갖추게끔 해주는 것이다. 그래서 우리는 그의 시편을 통해 생명의 편재성과 순수 원형에 대한 발견의 순간에 환하게 다다르게 된다. 다음의 짧은 시편들을 한번 읽어보도록 하자.

상처가 아물지 않고
자꾸 덧나는 건
누군가
그 안을 오래 들여다보고 있기
때문이다

건드리지 않아도 아프다

—「너도바람꽃」 전문

늙은 플라타너스 발밑에서 어린나무가 제 어미의 시커먼 속을 한참 들여다보다가
손바닥만 한 울음으로
생生의 바깥을 다 가렸다.

—「연두에 그린」 전문

"너도바람꽃"은 바람을 좋아하는 높은 지대에서 자라기 때문에 붙여진 이름인데, 이른 봄 얼음을 뚫고 피어나는 생명력을 지닌 꽃이라고 한다. 꽃말은 '사랑의 비밀'인데 이러한 사실에 의존하여 시인은 상처가 아물지 않고 자꾸 덧나는 이유가 바로 "누군가/ 그 안을 오래 들여다보고 있기/ 때문"이라고 한다. 마치 '사랑의 비밀'처럼 누군가를 오래

도록 들여다보는 것은, 건드리지 않아도 이미 오래도록 아픈 존재자에 대한 깊은 애착과 연민으로 그 상처 내지는 아픔과 공명하고 있기 때문일 것이다. 시인은 살아 움직이는 작은 생명조차 이렇게 깊은 상호 연관성과 사랑의 문맥 속에 놓여 있음을 노래한다. 뒤의 작품에서도 시인은 '오래 들여다봄'이라는 행위를 통해 목숨 있는 존재자에 대한 깊은 관찰과 묘사를 수행해 간다. 이번에는 "늙은 플라타너스"와 그 발밑에서 자라는 "어린나무"의 상호 공명 과정이 펼쳐진다. 제 어미의 시커먼 속을 한참 들여다보다가 "손바닥만 한 울음으로/ 생의 바깥을"다 가려버린 어린나무는 목숨 있는 자들의 세대를 격隔한 바통 터치를 은유하는 듯도 하지만, 그 안에는 손바닥만 한 울음의 시간이 들어있고, 어미의 시커먼 속을 들여다보다가 생의 바깥을 가려버리는 성숙의 시간이 들어있다. 그러니 이 그림은 '연두에 그린(畵)' 생태적 그림이자, '연두에 그린green'을 겹쳐 놓은 어미-자식 간의 호혜적인 그림이기도 할 것이다. 이처럼 김정수 시인은 "너도바람꽃"이나 "플라타너스" 같은 생명체를 통해 그네들의 "숨과 숨 사이"(「풍경에 속다」)를 포착하고, 나아가 "햇빛의 청사진 활짝 펼친"(「나무의 자세」) 그들의 시간을 자신의 삶과 등가적으로 내면화하고 있다. 순수 원형에 대한 시인의 깊은 애착과 발견의 감각이 이러한 생명의 편재성을 간결하고도 산뜻한 화폭으로 담아가게끔 해주었을 것이다.

석양을 건너는 눈물
태양을 헤아리고 있다

먼 산중의 불빛 하나 강을 건넌다 어느 생에선가 당신은 불이었을까 손잡을 수 없는 바람이었을까 한바탕 난리를 치다가 바위의 배꼽 위에 소복소복 올라앉은 꽃잎이었을까 서걱서걱 입안에 오래 머무는

오목한 상처마다 고양이 울음 같은 새싹 돋아나는

동백 지는 저녁에
돌아서서 손 흔들지 말라는
붉디붉은
눈동자

—「동백 지는 저녁」 전문

이번에는 "동백"이다. 석양과 동백이 가지는 색채의 유사성에 착목한 이 작품은, "당신"이라는 2인칭을 끌어들여 그 붉은 빛이 결국 생명을 나누어가진 모든 존재자들의 것임을 확장적으로 증언한다. 석양을 건너는 '눈물'과 강을 건너는 "먼 산중의 불빛"은 모두 어느 생에선가 '불/바람/꽃잎'이기도 했을 "당신"과 고스란히 겹치면서 천천히 번져온다. 불처럼 뜨겁고 바람처럼 잡히지 않고 꽃잎처럼 떨어지기도 했을 "당신"은 그렇게 "서걱서걱 입안에 오래 머무는" 시간을 남겼을 것이다. 상처마다 새싹이 돋아나듯이, 동백 지는 저

녁에 "돌아서서 손 흔들지 말라는/ 붉디붉은/ 눈동자"는 태양을 헤아리다가 눈물로 젖어 든 "울음 같은 새싹"을 쓸쓸하게 기다리는 이의 것일 터이다. 그래서 동백이 지는 저녁은 해가 지는 저녁이고 곧 눈동자에 붉디붉은 그림자가 지는 저녁일 것이다. 말하자면 김정수 시인은 "흐름에 몸 맡긴 고요한 풍경"(「수면 위의 수면」)을 노래하면서 "다시 파란 시간 거꾸로 세워 고요를 연장"(「오후를 낚다」)해 가는 자연 사물들의 존재 방식을 그려간다. 물질적인 섬세함과 그것을 어떤 순수 원형으로 끌어올리는 치명적 도약의 순간이 "부러진 가지에 얼핏 비치는 붉은 나이테"(「시간의 발가락」) 안에도 흐르고 있고, 그 순간 우리는 "자작나무 닮은 사람들"(「삼양라면을 맛있게 끓이는 법」)을 얼핏 바라보게도 된다.

이처럼 김정수 시인은 자신의 시가 사물의 순수 원형을 담으면서도 감춤과 드러냄의 긴장을 통해 삶의 심층을 투시하는 과정을 보여 준다. 그의 시는 한결같이 기억의 뿌리를 찾아가는 여로에서 씌어지는 것이지만, 그 기억은 오랜 시간이 거쳐왔을 법한 세세한 결들을 재현하고 그 안으로 몰입하는 순간을 가져다준다. 물론 이러한 몰입 과정이 과거의 것에만 궁극적 가치를 부여하는 퇴영적 행위를 함의하는 것은 아니다. 그것은 오히려 그동안 치러온 시간 경험을 원초적 형식으로 복원하면서도, 그것을 현재의 삶과 적극적으로 연루시키는 행위 가운데 하나라고 할 수 있다. 그렇게 시인의 기억 속에서 사물들의 배경이 되고 있는 것들은 스스로(自) 그러함(然)으로써 존재하게 되고, 시인은 그것들을 정성스럽게 들여다봄으로써 순수 원형의 이미지와 자신의 내면을 일원적으로 통합해 가는 것이다.

3. "흐름"의 현상과 그 사후적 흔적으로서의 시간

앞에서도 강조했듯이, 김정수 시인은 오랜 시간의 흔적을 들여다보지만 그 응시의 결과를 일종의 퇴행(regression)으로 귀결시키지 않는 기막힌 균형을 가지고 있다. 자신이 멈춰 선 현재의 이 자리가 실존의 도량이고 심연이라는 사실을 깊이 알아가면서 시인은 자신의 몸 안팎으로 잠겨오는 순간을 그대로 받아들이고 있는 것이다. 그렇게 펼쳐진 시간의 흐름이 바로 시인으로 하여금 지난날의 고통으로부터 치유와 구원을 경험하게끔 해주는 것이다. 물론 시간이란 모두에게 "흐름"이라는 비유적 형상으로 경험되고 인지되는 형식이다. 우리는 시간을 물리적 실재가 아닌 "흐름"이라는 현상과 그 사후적 흔적을 통해 알 수 있을 뿐이지 않은가. 그래서 시간은 저마다 다른 경험 속에서 미학적으로 재구성될 수밖에 없으며, 우리는 저마다의 상이한 감각에 따라 시인이 발화하는 시간 경험을 재해석하게 되는 것이다. 김정수 시인은 지난날에 관한 기억을 바탕으로 고통과 방황, 상처와 그리움의 시간을 재구성함으로써 고유한 자기 확인의 서사를 펼쳐낸다. 이를 통해 그는 스스로의 존재 확인을 가능하게 하는 순간을 응시하고 발견하고 또 표현해 간다.

나 잠깐 도로에 주저앉아 있을래

정밀하게 돌아가던 바퀴들이 새처럼 급정거하겠지

유리창은 절대 깨어지지 않아
사각으로 멈춘 깃털은
집 안팎의 비명을 투명하게 가둘 뿐이야

인파들 속에 공업용 기름을 쳐야겠어
무표정하게 쌓인 먼지들이
허공을 허무하더군

각자 할 일을 하는 건 침묵에 대한 모독이야
석양 근처에서
아직 도달하지 않은 시간을 되감는 건
용납할 수 없는 반항

딱 필요한 것들만 돌아다니는 도로에서
누가 내 불량 무릎을 걷어내고 있어

흐름을 방해하는 구속과 몽상의 그림자는 금방
제거되지 잠시 잠깐 어긋난 휴식을
죽을 때까지 솎아내

붉게 질주하는 도로는 삐걱거리는 톱니처럼 행복해

한 번도 중독된 적 없는 손이
고요히
신발 끈을 고쳐 매고 있어

—「톱니바퀴처럼」 전문

대체로 우리 인생을 말할 때 "톱니바퀴처럼" 돌아가는 나날의 리듬으로 비유하는 경우가 적지 않다. 분주한 일상에서 잠깐 주저앉아 있는 모습은 그 자체로 이 숨가쁜 세상에 대한 익숙한 반작용이기도 하지만, 그것은 "정밀하게 돌아가던 바퀴"를 급정거시킨 것과 같아 전혀 낯선 순간이기도 하다. 톱니바퀴처럼 유리창은 절대 깨지지 않고 집 안팎의 비명은 투명하게 그 안에 갇혀있다. 시인이 묘사하는 무표정한 "인파"나 "먼지들"이나 "허공"은 모두 허무를 쌓아가면서 "아직 도달하지 않은 시간"을 되감는 행위를 은유하고 있다. 도로에는 "딱 필요한 것들만 돌아"다니고, 그러한 시간의 "흐름을 방해하는 구속과 몽상의 그림자"는 어느새 지워져버린다. 이렇게 균등화하고 평균화하는 시간은 우리 시대의 슬픈 초상으로 몸을 바꾸어간다. 고유하고 독특한 개성적 양감量感으로 존재해야 할 시간을 등량적으로 분할하는 우리 시대의 가혹한 기율에 대해, 시인은 "잠시 잠깐 어긋난 휴식"을 통해, 고요하게 신발 끈을 고쳐 매는 손길을 통해, 역설적 비판을 수행하고 있는 셈이다. "한밤까지 꺼지지 않는 창가의 조바심"(「골목의 유혹」)으로 우리가 누리는 톱니바퀴 같은 행복을 전복하면서, "신발"을 고쳐 맴으로써 가혹한 시간의 흐름을 역주행하려는 의지를 보여 준 것이다. 이때 "신발"은 시간의 균질성에 저항하는 신호탄을 예비하는 형상이 아닐 수 없다.

최후의 순간 버림받아
죽음을 증거하는 삶도 있다

끝까지 함께할 수 없는 운명에 바람 더듬어 과거를 뒤집기도 하지만
발견되는 순간까지
종이 한 장 밟고 서있는 기막힌 후생이다

망설이고 서성거린 모서리의 시간이
참 외롭고 무서웠을 것이다

파르르, 다 전해졌을 것이다

뛰어내리다 나뭇가지 붙잡고 발버둥 치는 걸
목격했을지도 모른다
혹여 바람에 훅, 날릴까 봐
조바심 냈을 것이다

나도 한때 섰던 그 자리

오래 바닥을 끌고 온 삶이
벼랑 끝에 놓여 있다

—「신발」 전문

시인은 “신발”을 통해 “오래 바닥을 끌고 온 삶”을 상상한다. 오랫동안 걸어온 삶의 막바지에서 버림받고는 “죽음을 증거하는 삶”도 있음을 알려 준다. 시간의 끝까지 함께할 수는 없지만, 망설이고 서성거린 “모서리의 시간”이 외롭고 무서운 흔적으로 남아있으니, 신발은 어쩌면 “기막힌 후생”으로 거듭날지도 모른다. 물론 여기서 파르르 전해지는 감각이나 “뛰어내리다 나뭇가지 붙잡고 발버둥 치는” 것이나 “벼랑 끝에 놓여” 있는 형상이 외로움과 무서움을 투신投身의 이미지로 바꾸기도 하지만, 시인은 보다 근원적으로 “나도 한때 섰던 그 자리”라는 보편성과 “오래 바닥을 끌고 온 삶”이라는 나날의 불가피하고 역동적인 리듬으로 그것을 확장해 가고 있다고 할 수 있다. 그래서 “신발”은 “흘러온 길을 기억”(「오후를 낚다」)하듯이 우리가 몸과 마음으로 감당해 내는 실존의 시간을 비유적으로 담아낸 것이다.

김정수의 시는 이처럼 지나온 시간에 대한 회상과 기억의 형식으로 씌어지고 읽힌다. 그래서 우리는 그의 시가 시간의 흐름과 불가피한 호혜적 원질原質을 형성하면서, 과거에 대한 사실적 재현과 함께 시인이 갈망하는 현재적 삶을 담고 있다고 말할 수 있다. 그 결과 우리는 지나온 시간을 선명한 기억으로 풀어 보임으로써 지난날을 재현하고 지난날과 결별하는 시인의 감각을 만나게 되는 것이다. 이러한 전언을 김정수 시인은 목소리의 절제와 심상의 선명함으로 구축해 가면서, 최근 왕성하게 창작되는 탈脫주체 시편들과는 대극에서 언어와 사유의 응집성을 결속하는 방향으로 자신만의 시를 써간다. 흐름의 현상과 그 사후적 흔적으로서의 시간이 그 안에 충일하게 번져가고 있는 것이다.

4. 존재론적 기원의 회상과 현재적 복원

우리는 서정시가 시간에 대한 경험과 기억의 재구성이라는 특성을 띤다는 점을 잘 알고 있다. 그 기억의 시점始點에서 시인 자신의 존재론적 기원起源이라고 부를 만한 인물이나 사건을 만나게 되는 것도 자연스러운 일일 것이다. 그렇게 오랜 시간 속의 대상을 기억하고 재구성해 내는 김정수의 시는 시인 자신의 삶을 가능하게 했던 기원으로서 "아버지"와 "어머니"를 이끌어낸다. 먼저 시인에게 "아버지"는 모든 기억의 원점이자 가장 애틋한 숨결로 살아있는 계통적 원형이다. 물론 시인은 격정적 애도나 추모 대신, 자신의 심장을 깊이 개입시키는 방식으로 새로운 정서적 전율을 선사해 간다. 존재론적 기원의 회상과 현재적 복원을 통한 새로운 미학적 파문이 이로써 생성되는 것이다.

남의 선산에 누운 10년을 세상 밖으로 건져 올렸다.

살을 다 빼 먹은 뼈가 싯누렇다.

목을 짓누르던 암癌도 사라지고
흙에 이빨 박은 몰락도 기억하고

미처 태우지 못한 문장을
강의 지느러미 곁에 방생하였다.

한동안, 햇빛을 달리니 동해였다.
손을 씻고,
생선구이를 시켰다.

길의 속도로 젓가락을 매만지고
등 푸른 가슴을 열자
살을 다 내려놓은 뼈가 보였다.

나 여태,
아버지의 살을 발라 먹고 있었다.

—「파묘破墓」 전문

"파묘破墓"란 옮기거나 고쳐 묻기 위하여 무덤을 파내는 것을 말한다. 시인은 남의 선산에 10년 동안 계셨던 아버지를 지상으로 끌어올렸다. 그리고 오랜만에 드러난 아버지의 "살을 다 빼 먹은 뼈"와 "미처 태우지 못한 문장"을 방생하였다. 그렇게 파묘를 마치고 햇빛을 달려 동해에 닿은 시인은 생선구이를 시켜 등 푸른 가슴을 열었는데 거기서 "살을 다 내려놓은 뼈"가 환각처럼 보이는 순간을 경험한다. 그때 비로소 "여태,/ 아버지의 살을 발라 먹고" 살았던 자신을 절감하는 것이다. 이는 「상봉」이라는 작품에서 "당뇨검사를 하려고 새끼손가락의 지문을 찔렀다.// 돌아가신 아버지의/ 붉은/ 눈과 마주쳤다"(「상봉」)라는 표현과 그대로 일

치하며, 시인이 "아버지"라는 거대한 원천과 함께 살아왔음을 고백하는 장면을 함께 담는다. 아무리 시공간을 멀리 떠나와도 기원은 유예되거나 사라지지 않는다. 이 점, 김정수 시학의 우뚝하고도 웅숭깊은 빛과 그늘이다.

요양병원 창가에서 가을의 휴일을 보네
바위의 손등으로 화사 한 마리 기어가네
새들의 하늘 고요하네 더딘 죽음 오후에 새기지 않으려
잠잠한 바람 불러들여 붉은 잎 흔들고
흔들리네 반쯤 죽은 오동나무 창밖에 비스듬하네
햇살을 자른 유리의 지문 선명하고도 선연한 한낮
애써 곁을 내준 자리에서 내가 할 수 있는 일이란
가까이 다가가도 미동조차 않는 당신의 흐린 눈빛
외면하고 커튼 뒤로 거처를 옮긴 거미 한 마리
살려 보내는 것 얼마 남지 않은 시간의 방심 불러들이는 것
바위 위에 고인 화사한 시간 방해하지 않고
사람 곁으로 떠나가는 것 하루의 하루
침상에 남겨 둔 채 먼지 속으로 침잠하는 것
다시는 들춰보지 않을 가계에 당신을 유폐시키는 것
의자의 발목 툭툭 건드려 잠든 통증 깨우는 것
오동나무, 그 절반의 절박한 삶 훔쳐보다 들키는

기껏,
그런 것

—「담쟁이덩굴, 화사한」 전문

화사한 담쟁이덩굴로 감싸인 요양병원에는 "가까이 다가가도 미동조차 않는 당신"이 계시다. "얼마 남지 않은 시간"이나 "침상에 남겨 둔 채 먼지 속으로 침잠하는" 하루하루는 잔명이 얼마 남지 않은 막바지 시간을 암시하기에 족하다. 「장마 이후」라는 작품에 노인요양병원 침상에서 6년을 멈춰계셨던 어머니가 나오는 것으로 보아, 여기서의 "당신"도 어머니라고 보아도 무방할 듯하다. 가을 휴일에 시인은 병원 창가에서 고요한 하늘과 잠잠한 바람과 흔들리는 붉은 잎을 바라보고 있다. 자신이 할 수 있는 일이란 "당신"의 흐린 눈빛을 외면하면서 커튼 뒤 거미 한 마리를 살려 내보내는 것뿐이다. 먼지 속으로 천천히 침잠해 가는 무거운 시간은 이제 "다시는 들춰보지 않을 가계에 당신을 유폐시키는" 과정이기도 할 것이다. 창밖의 죽은 오동나무에서 그 절박한 삶을 훔쳐보다 들키는 순간은, 그래서 '어머니'라는 기원을 떠나보내는 순간의 역상逆像으로 존재하는 것이다. "오래된 몸일수록 그늘의 상처는 날카로운 법"(「몸속의 상자」)임을 잘 알고 있지만, "오래된 말소리가 등 뒤에서 굴러떨어"(「환청」)지는 소리를 통해 시인은 존재론적 기원의 소진과 새로운 삶의 불가피한 시작을 흐릿한 예기豫期로 치러내고 있는 것이다.

결국 김정수 시인은 자신의 기원을 깊이 품으면서도 그 과정을 어떤 직접적 발화로 토로하지 않고, 미세하면서도 역동적인 풍경과 내면의 파동을 결속함으로써 거기에 자신의 기억과 사랑의 에너지를 입혀 간다. 그래서인지 그의 시는 우의적寓意的 개괄로는 의미를 온전하게 재구再構하기 어렵게 되고, 다양한 상황과 진술이 결합하는 기억의 심도深度를 차분하게 보여 주게 된다. 고유한 물질성을 축적하면서 이루어내는 사물과 기억의 접속 과정은 경험적 직접성과 상상적 유추 과정을 선명하게 결합하고 있는 것이다. 물론 이러한 심미성을 가능케 하는 것은 그의 감각적 구성력이고, 그것은 끊임없는 결핍으로 출렁이면서 명료하게 자신의 기원을 들여다볼 수 있게끔 해준다. 이 점, 진정한 존재론적 생성을 욕망하는 시인이 되게끔 하는 확연한 실물적 증거가 되어주는 동시에, 그의 시를 우리 시단에 과잉 확산된 탈脫주체 담론의 틈에서 '새로운 서정'의 사례로 등극하게끔 하는 힘이 되어준다. 존재론적 기원의 회상과 현재적 복원이 그 안에 따뜻하게 들어차 있는 것이다.

5. 사랑이라는 은은하고도 깊은 파동

결국 김정수는 사물과 적극 친화하면서 그 소통 결과를 은은하고도 깊은 사랑의 파동으로 옮겨 놓는 시인이다. 이때 그의 시는 사물이나 사람에 대한 깊은 사랑의 마음을 노래함으로써 '시인'으로서의 자의식을 첨예하게 드러낸다. 물론 그러한 경험을 매개하고 표현하는 원리는 삶의 바탕에 있는 고갱이들을 순간적으로 파악해 내는 서정성에서 생성된다. 또한 그의 시에는 이러한 따뜻한 상상력이 다양한 문

양으로 펼쳐져 있는데 그러한 상상력을 구성하는 일차적 소재는 식구들일 것이다. 여기서 우리가 지각할 수 있는 것은 남편이자 아빠로서 겪어가는 자의식일 터인데, 이 모든 것이 그가 생의 단독자가 아니라 타자들과의 수평적 공존을 꿈꾸는 존재임을 알려 주고 있다.

유장한 이야기 범람하는 강변은 말고
부산한 파도 소리 폭풍의 해안도 말고

조곤조곤 당신을 들어주기에는
봄밤의 시냇가가
적당하다

내 몸에서 당신은 조그맣게 흐른다

—「봄밤」 전문

새벽에 출근하던 아내가
사진 한 장 찍어 문자를 보내왔다
예쁘지? 저렇게 달 가까이 빛나는 별 첨 봐
환한 그믐달과 샛별이
날이 밝아오는 줄도 모르고
서로를 씻겨 주고 있다
우리는 언제 서로의 등을 밀어주었더라?
처음 같이 목욕하던 때처럼
쑥스럽게 부끄럽게 마중하다가
개밥바라기와 비너스를 생각하다가

오늘도 갈 곳 없는 날 자책하다가
고마워! 추운데 잘 다녀오라는 답장도 못 하고
다시 이불 속으로 들어가지도 못하고
베란다에서 달달 벌벌 떨고 있다
오래오래 그 자리를 지킨다는 것은
날카롭게 차오르는 말과 상처 잘 여미는 일
젊은 날의 약속 희미해지는 순간까지
그냥 사는 일 남들보다 일찍 늙은 직장
진작 스러져 아득하고 아뜩해도
새해 아침 하늘욕조에선
신혼 첫날밤에 어둠이 빛나고 있다

—「새해 첫날에」 전문

앞의 간결하고 직절直截한 작품은 봄밤에 느낀 사랑의 마음을 담고 있다. 조곤조곤 "당신"을 들어주기에는, 유장하고 부산하고 폭풍 치는 강변이나 해안보다는, 고요한 봄밤 시냇가가 적당하다는 고백을 담고 있다. 이는 "다 잃고도/ 남은 것이 마음"(「사랑」)이라는 사랑의 역리逆理를 담고 있는데, 자신의 몸에서 "당신"이 조그맣게 흐른다는 고백은 시냇물의 잔잔한 소리를 환기하면서도 사랑이 결국 언외언言外言의 위대한 행위이자 표현임을 알려 주고 있지 않은가. 뒤의 작품에서는 "새벽에 출근하던 아내"가 보내온 "사진 한 장"이라는 구체적 형상이 나온다. "저렇게 달 가까이 빛나는 별"은 처음 본다고 아내가 사진을 찍어 문자로 전해온 것이다. 사진에는 "환한 그믐달과 샛별이/ 날이 밝아오는 줄도 모르고/ 서로를 씻겨 주고" 있는 순간이 담겼다. 그때 시인은 아내와의 오랜 기억을 톺아 올리면서 "오래오래 그 자리를 지킨다는 것은/ 날카롭게 차오르는 말과 상처 잘 여미는 일"임을 고백하고 다짐한다. "젊은 날의 약속 희미해지는 순간까지" 아득하고 아뜩한 삶을 투명하게 바라보고 있는 것이다. 신혼 첫날밤처럼 어둠이 빛나는 새해 첫날 아내가 보내온 사진에서 시인이 발견한 것은 아마도 "귀에 고인 슬픔"(「Baby Boomer」)과 "미안이라는 거울"(「혹시」)을 담은 오랜 시간이었을 것이다. 애잔하고 아름다운 지극함이 그 안에 있다.

미역국 대신 비타민 한 알 챙겨 먹고
야간자율학습하는 딸
마중을 간다 너무 빨리 도착한 손이 문자를 읽고
차 한 대 없는 내가 해줄 수 있는 건
태어난 날 교문 앞에서 기다려주는 것
친구들이 해준 과자목걸이 주렁주렁 매달고 나타난 딸과
종종 아빠가 자가용을 태워준다는 친구를
골목 입구까지 택시로 데려다주는 것 그리하여
자꾸 차를 얻어 타기 미안해
오늘은 그냥 버스 타고 갈래요 하던 딸에게
조금은 미안함을 덜어주는 것
엄마가 끓여 준 미역국을 먹지 않고 등교하여
급식으로 나온 미역국을 안 먹었다는 말에
바지 주머니 속 손수건 만지작거리다가

슬며시 잡아본 딸의 손이
생크림케이크처럼 보드랍다

—「생일」 전문

딸은 생일인데도 미역국 대신 비타민만 챙겨 먹고 학교에서 야간자율학습을 한다. 아빠가 해줄 수 있는 것이라곤 "태어난 날 교문 앞에서 기다려주는 것"과 "딸에게/ 조금은 미안함을 덜어주는 것"뿐이다. 하지만 "엄마가 끓여준 미역국"을 안 먹고 등교했는데 급식으로 나온 미역국을 먹지 않았다는 말에 시인은 딸의 손을 조용히 잡아본다. 아이의 손이 "생크림케이크"처럼 보드랍게 전해져 온다. 이러한 시편에는 김정수 특유의 "낯선 불의 통증"(「홀연, 선잠」)이나 "부끄러운 감정"(「꽃의 자세」)이 전혀 없다. 그때 딸아이의 미소는 아마도 "신들이 머물다 간 문양의 흔적"(「달의 초상」)이었을 것이다. 따뜻하고 소중한 마음이 글썽이고 있지 않은가.

결국 김정수는 서정시가 우리 모두의 시간예술임을 증언해 준다. 우리의 감각과 실제 세계를 매개하는 것이 언어이고 시간의 흐름에 놓인 사물을 언어로 표현하는 것이 서정시이니만큼, 우리가 언어와 시간으로 서정시의 핵심을 규정하는 것은 퍽 자연스러운 일일 것이다. 그래서 서정시는 그 어떤 예술보다도 시간과 친연성을 가지며, 언어를 통한 시간 경험을 독자들에게 선사하게 마련이지 않은가. 김정수의 시는 시간의 흐름 속에 놓인 사물과 그에 대한 정서적 반응을 자신만의 독자적 언어로 표상함으로써, '사랑'이라는 은은하고도 깊은 파동을 충일하게 들려주고 있는 세계이다.

우리가 천천히 읽어왔거니와, 김정수가 펼쳐내는 세계 가운데 중심적인 것은 오랜 시간의 흔적을 들여다보는 시인의 정성스러운 행위이다. 이는 시간의 흐름을 따라 세계내적 존재로서의 삶을 투시하고 반성하려는 시선과 깊이 연관되는 것이다. 사물을 우의적으로 활용하려는 욕망보다는 그 안에 존재하는 오랜 시간의 파동을 통해 사물의 존재론적 음영陰影을 두루 보여 주려는 적공은 그의 심안心眼을 신뢰하게 만들어준다. 결국 시인은 세계내적 존재로서의 따뜻한 사랑과 생명의 서정을 발화하면서 그 결실을 바라보는 견자見者가 되고 있는 것이다. 이러한 고유한 세계를 구축해 낸 그의 세 번째 시집을 두고 우리는 깊은 축하와 기대의 마음을 얹고자 한다. 그리고 다음 시집이 이러한 세계를 충실하게 이으면서도 더 심화해 가기를 마음 깊이 희원해 보기도 하는 것이다.